AF217480

GOOD MORNING SUNSHINE

INHALT

1 GOOD MORNING SUNSHINE

DER OPEN-CAMPUS-TAG IST SCHON EIN PAAR MONATE HER.

UND WAS SOLL ICH SAGEN?

ITADAKIMASU.*

NAM

NAM

mmm.

WIE ES DER ZUFALL SO WOLLTE, WOHNT DER STUDENT, IN DESSEN BILD ICH MICH SO VERLIEBT HABE, GENAU NEBENAN.

ICH HAB'S TATSÄCHLICH AN MEINE WUNSCHUNI GESCHAFFT. ABER NICHT NUR DAS.

*GUTEN APPETIT

HA HA HA

ICH HAB IM ZWEITEN JAHR SCHON NICHT ALLE CREDITS GEKRIEGT, WENN ICH'S DIESES JAHR WIEDER VER-KACK, GEHT'S VON VORNE LOS.

HOF-FENTLICH NICHT, EY!

UURGH

DAS WÄR VOLL BLÖD!

ICH BIN SO EIN MORGENMUFFEL. DONNERSTAGMORGEN IST IMMER DIE HÖLLE.

HM?

KATER

EIN NETTER KERL, LOCKER, LÄSSIG, EINER, MIT DEM MAN GUT AUSKOMMT, WESHALB WIR AUCH HÄUFIG ZEIT ZUSAMMEN VERBRINGEN.

UND SO KOMMT ES, ...

MUSST DU MIR DANN MAL ZEIGEN.

NÄCHSTE WOCHE UM DIESE ZEIT SOLLTEN SIE FERTIG SEIN.

HM ...

MGh

HÄ?!

HAHAHA, DU MEINST ES ECHT ERNST, WAS?

WITZIG!

... DAFÜR GENIESSE ICH UNSER GEMEINSAMES FRÜHSTÜCK UND DER MORGENSPAZIERGANG ZUR UNI IST AUCH NICHT VERKEHRT.

KLAR, MANCHMAL IST ES NERVIG, IHN MORGENS AUS DEN FEDERN ZU HOLEN, ABER ...

Hm

Hm

Hm

WIE MEINT SIE DAS?

... TOSAKA, DU SCHEINST MIR IM AUSDRUCK DOCH NOCH ETWAS ZU BRAV UND BIEDER ZU SEIN.

NUN, ...

BLA

BLA

SCHON WIEDER ...

... ABER VOR ALLEM BIST DU EIN VERDAMMT TOLLER TYP.

... KEIN FRÜHER VOGEL ...

ICH MACH EINTOPF, KOMMST DU AUCH?

AH, NEE, SORRY, GEH NACH HAUSE.

... UND ORDNUNG IST NICHT DEINE STÄRKE, ...

GEHEN WIR ZUSAMMEN?

... IN DEINEM ZIMMER LIEGT DER STAUB ZENTIMETER-HOCH, ...

DIESES GEFÜHL ...

IM GRUND-LAGENKURS HAB ICH SCHLECHT AB-GESCHNITTEN ...

WAR JA KLAR.

PATT

PATT

NA JA ...

SIEH'S NICHT SO ENG.

IM ZWEITEN JAHR HAST DU JEDE MENGE GE-LEGENHEITEN ZUM AUSPROBIEREN UND LERNEN.

KLINGT OPTIMIS-TISCH.

LOGO! DIE ZEIT BEWIRKT WUNDER!

SPIELEN IM SCHNEE

HUPP

DA GEHT NOCH MEHR!

DIE BRUST-MUSKELN VON MARS SIND JA GEIL!

HUPP

SIEHSTE?

AAAH!

FÜR SCHNEE-SKULPTU-REN HAST DU JEDEN-FALLS EIN HÄND-CHEN!

ALSO, KOPF HOCH!

TADAA

YOHEI ... DU STINKST DOCH AL-KOHOL ...

HM?

PASS DOCH AUF!

JA KLAR!

SOLL DAS EIN KOMPLI-MENT SEIN?

WIR SEHEN UNS, SUBARU!

BIN MAL DRIN!

GWPP

AH, POST VON DER UNI.

DU BIST IMMER SO SCHÜCHTERN.

BATAMM!

SEINE FREUNDIN?

HÄTT' ICH NICHT ER-WARTET...

AAAAH!

SUBARU?!

ÄH ...

AH ...

TSS

... OKAY.

ICH GEH JETZT. ABER DAS HAT NOCH EIN NACHSPIEL.

ICH GEH AUCH. ICH STÖR NUR.

WAS?

AUA!

AUA!

IM ERNST?

HAPPY END?

HE!

PT

PT

IST DAS NICHT SCHÖN, YO? EIN ECHTES HAPPY END!!!

...

JA ... MACH'S GUT.

TSCHÜSS, BIS BALD, YO! CIAO, SUBARU!

GRAH

WAS DU DA GRAD GESAGT HAST, DASS DU MICH LIEBST ... DAS WAR ERNST GEMEINT, ODER?!

STILLE

ÄHM ...

...

NACH DER AKTION WAR SOFORT MÄDELS-TALK IN DER RAUCHERECKE ANGESAGT.

GOOD MORNING SUNSHINE

GOOD MORNING SUNSHINE

HAST DU 'NE FREUNDIN?

STEHST DU AUF JEMANDEN?

DERZEIT?

TAPP

HM

TAPP

AH ...

DERZEIT NICHT, NEE.

„GEHST DU MIT JEMANDEM?"

HM ...

... ICH WÜRD'S GERN WISSEN.

UND IN DEINEM KURS? KEINE ROMANZEN?

WER WILL DAS SCHON WISSEN?

ICH DACHTE: „OH JUNGE, WIE SOLL DAS BLOSS WERDEN?"

ICH FIND DEINE BILDER ... ECHT STARK!

SUBARU IST DREI JAHRE JÜNGER ALS ICH. ALS ER NEBENAN EINZOG, WAR ICH SOFORT HIN UND WEG.

ICH KENNE DAS JA.

6... GLAUBST DU AN GEISTER?!

... DASS IM FACHBEREICH MALEREI EIN GEIST UMGEHT, STIMMT DAS?

ABER ICH SOLLTE MIR KEINE HOFF-NUNGEN MACHEN.

DIE ERSTIS ERZÄHLEN SICH, ...

BATAM

KLACK

... MEHR IST WOHL NICHT DRIN.

SEI IHM EIN-FACH EIN GUTER SENPAI, ...

UND DU?

NEE, ICH NICHT. WÜRD MICH SONST GRUSELN.

GAB WOHL 'NEN AUGEN-ZEUGEN.

FREU DICH, DASS ER DA IST, DAS REICHT DOCH.

YOHEI.

WAH

HEY!

UWAAH! ER SCHNUPPERT AN MIR!

STEHT ER AUF SO WAS?

ZUCK

SNF SNF

MPF.

ÄH, WAS?!

GNN

ICH GEH JETZT BADEN!

MA... MACH MAL LANG- SAM!

ALSO, MICH STÖRT'S NICHT.

NUR DER ZIGARETTEN- GERUCH.

MICH STÖRT'S ABER! GE- WALTIG!

WAS HAT ER DENN JETZT?

HÄ?

BADEN?!

JA. ICH BIN GERADE ERST VON EINER KNEIPENTOUR ZURÜCK. ICH STINKE!

ES IST 15 UHR.

FSHAAAA

SHRB SHRB

HEISST DAS ...

SHRB
SHRB

HEISST DAS, DASS ER MEINE GEFÜHLE ERWIDERT?

WEG DAMIT ...

... WENIGSTENS AUF ANDERE GEDANKEN. VIELLEICHT ...

PUH ... BEIM AUFRÄUMEN KOMM ICH ...

LEICHT KOMISCH, DIE SITUATION JETZT ...

KLINK

KLINK

055

EIN JAHR LANG WAR TOTE HOSE.

JETZT LÄUFT'S ENDLICH ...

*FÜHRERSCHEIN

... UND DU KRIEGST KALTE FÜSSE.

IHR MÜSST EUCH STÜCK FÜR STÜCK NÄHERKOMMEN.

DEIN SCHWARM FÄHRT AUF DICH AB, IST DOCH TOLL, ODER NICHT?

FÄHRT AB?

SONST GEHT DIR DEIN GLÜCK IRGENDWANN FLÖTEN.

BLUSH

WIRST DU ROT?

MANN!

JETZT LASS MICH HALT!

LIEBE MACHT DÄMLICH!

YO!

TADAMM

... BITTE HIERMIT DEN GOTT DES ALKOHOLS UM MUT UND BEISTAND!

OKAY!

ICH, YOHEI YUMOTO, ...

IHR HABT JA RECHT. ICH SEH'S EIN.

TRINK MAL, TRINK!

SO EINE PFLAUME!

CHLEP

CHLEP

SCHON MORGEN ...?

LINS

ZAWAPP

MORGEN?!

MORGEN.

10:07

ES IST NOCH ZEIT ...

ABER VIEL WICHTIGER ...

UFF

AH?! HAB ICH VERPENNT?!

WAPP

AH, YOHEI.

TAPP

KLACK

SUBARU!

ICH DACHTE, IM AUTO KÖNNEN WIR UNS BESSER UNTERHALTEN.
ABER ICH MUSS NACH VORNE SCHAUEN!
VRRRM
WAAAAH
CRMB
GNN
ICH GLAUB, ICH HAB MIR DAS ETWAS LEICHTER VORGESTELLT!
SORRY ...
SSH
IST DOCH NICHT SCHLIMM, ICH ÜB MIT DIR, WENN WIR ZURÜCK SIND.
...
...

SO STILL ...
YOHEI ...?
SAG MAL ... LIEBST DU MICH WIRKLICH?
HM ...?
LINS
WAS MEINST DU?

NANU?
ICH MEIN, WIR HABEN JA JEDEN TAG TELEFONIERT UND SO, ABER ...
... SEIT UNSEREM LIEBESGESTÄNDNIS HAB ICH VIEL NACHGEDACHT UND ... NA JA ... WEISS NICHT, IRGENDWIE WARST DU ...
... DAUERND SO DISTANZIERT UND ...
... ABWEISEND MIR GEGENÜBER, WEISST DU?
SUBARU?
ÄHM ... ALSO ...
... DARUM ...
FALLS DU ...
... DIE SACHE SCHON WIEDER BEREUST, SAG ES MIR BITTE, JA?
H... HEY ...
JETZT WARTE DOCH MAL!
HABE ICH ...

... IHM ETWA DIE GANZE ZEIT ... DIE GANZEN ZWEI WOCHEN ÜBER ...
... DIESES GEFÜHL GEGEBEN?
YOHEI ...
ICH BIN SO EIN ARSCH ...
ES ...
GNN
... TUT MIR ECHT LEID ...
ALSO GUT, HÖR ZU ...
ICH GLAUB, ICH WAR NOCH NICHT BEREIT FÜR WAS ERNS-TES.
DARUM HAB ICH'S IRGEND-WANN AUF-GEGEBEN. ABER ...
... ALS DU DICH PLÖTZLICH FÜR MICH INTERESSIERT HAST, ...

... HAT'S MIR BEINAHE DAS HERZ ZERRISSEN.

ICH WUSSTE NICHT, WAS LOS IST UND WIE ICH DAMIT UMGEHEN SOLL.

HÄ?

ICH ...

ABER JA ... DAS MACHT'S JETZT AUCH NICHT BESSER.

SONST WÜRD ICH'S NICHT SAGEN.

ICH WAR AUCH NOCH NIE IN 'NER BEZIEHUNG, OKAY?!

ECHT?!

DASS DU VERPENNT HAST, WAR BLÖD.

UH ...

JA, TUT MIR ECHT LEID.

DU FÄHRST ALSO TOTAL AUF MICH AB UND DESHALB ...

... DISTANZIERST DU DICH VON MIR? IST DAS RICHTIG?

JETZT STREU NICHT NOCH SALZ IN DIE WUNDE!

LIEBER NICHT, HAHA!

HA HA

ICH PASS MICH EBEN DEINEM TEMPO AN, YOHEI.

UND DU?

MIT 17?

DIE HATTE ICH MIT 17!

LEIDER NEIN!

ABER SAG MAL, BIN ICH DEINE ERSTE LIEBE?

14.

SP

HA

KÜSS

HAH, MANN, EY ...

HAHA! DITO.

WIE WAR DAS MIT DEM TEMPO?

GUCK NICHT SO!

FWI PP

DAS ... ICH WOLLTE DAS DEN GANZEN TAG SCHON MACHEN!

… SCHRITT
FÜR SCHRITT …
IN UNSEREM
GANZ EIGENEN
TEMPO.

VON JETZT
AN WERDEN
WIR ES ETWAS
LANGSAMER
ANGEHEN
LASSEN, …

ZUM DANK FÜR DIE HILFE BEIM AUFBAU KAUFEN SIE SUBARU SOUVENIRS

GOOD MORNING SUNSHINE

DU BIST GANZ SCHÖN ...

ICH HABE BEMERKT, ...

... MUTIG.

... DASS YOHEI ROT WIRD UND LACHT, WENN IHM ETWAS PEINLICH IST.

HA HA

ICH SEHNE MICH IMMER STÄRKER NACH IHM ...

... NOCH VIEL BESSER KENNEN-LERNEN.

DA DRÜBEN.

ICH WILL IHN GERN ...

NANU? SUBARU?

APRIL.

Hmm

JA, ODER?

DER ELAN DER JUGEND! ER STRAHLT RICHTIG UND IST SUPER-SÜÜÜSS!

FRISCH?

TI HI

HM? ICH? ÄH, JA.

DU WIRKST NOCH GANZ FRISCH.

WAR JA KLAR.

SO STELL ICH MIR DAS VOR, WENN ICH EINEN JÜNGEREN BRUDER HÄTTE.

DREI JAHRE UNTER-SCHIED.

VERTRAULICH

PAT

OM

NOM

HUI, DIE FLIRTEN GANZ SCHÖN.

S... SÜSS?!

HAHA

SAGT DER KERL, DER JEDEN MORGEN GEWECKT WERDEN MUSS!

W... WAS? WIESO DENN?!

BRU-DER ...?

ALSO, ICH HÄTTE DICH UNGERN ALS BRUDER, YO.

HAHA

I... ICH HAB MORGEN GEBURTSTAG, DANN SIND'S NUR NOCH ZWEI JAHRE UNTERSCHIED.

EIN JAHR VERGEHT SCHNELL, WAS?

CLAP

GLÜCKWUNSCH!

IM APRIL ALSO, SCHÖN!

DU WIRST ZWANZIG!

CLAP

ZUCK

DAS HÖR ICH ZUM ERSTEN MAL!

HÄ?!

MORGEN?!

WAS? HAB ICH DIR NICHTS GESAGT?

WUN

WAS WILLST DU MACHEN?

ÄH ...

WUN

WILLST DU FEIERN?!

ALSO ... HM ...

ICH WOLLTE BEI MIR ZU HAUSE EIN BISSCHEN FEIERN.

UIUI

HEY ...

UND JETZT? DU HAST KEINEN PLAN, ODER?

WIESO FRAGST DU IHN NICHT UND IHR GUCKT ZU-SAMMEN?

DANN HAST DU MORGEN HALT ERST MAL NICHTS.

HA HA HA HA

HA

DAS HIER IST FÜR MICH!

... WORAUF SUBARU STEHT UND WORAUF NICHT!

ICH WUSSTE JA NICHT MAL VON SEINEM GEBURTS-TAG!

KEIN DING, BRAUCH EH NOCH ZEUG ZUM MALEN.

DANKE, BIST 'NE ECHTE HILFE!

HAST RECHT.

TAPP

STIMMT, ICH FRAG IHN BESSER SELBST, ...

TPP

... ALS EINFACH BLIND WAS AUSZU-SUCHEN ...

HASP

HM? MEINST DU?

ÜBER-RASCHUN-GEN SIND MIR ZU HEIKEL.

KLAR, JEDER IST AN-DERS, ALSO ICH MACH DAS IMMER SO.

WEITER IM TEXT ...

NA, WIRD SCHON LUSTIG WERDEN ...

HEHEHE ...

SST

PLING

Wann fängt die Fete denn an?

Reicht, wenn du 17 Uhr da bist.

OK!

PLING

EINE GEBURTS-TAGSFEIER ... IST MIR JA IRGENDWIE UNANGE-NEHM ...

... ABER DAS ALLES KURZ-FRISTIG VORZU-BEREITEN, WIRD STRES-SIG.

OH, DIE DESIGNER MALEN ALSO AUCH?

SKRT

OKAY, BIS DANN, SUBARU! SCHÖNEN GEBURTS-TAG!

ZING

DANKE!

HM, DAS KLINGT FAST SO, ALS WENN ...

CURRY IST FERTIG! ♪

TINTENFISCH-PAPRIKA-CURRY MIT KOKOSMILCH ...

ERDE AN SUBARU.

HEY!

BIST DU DA?

YOHEI ... STIMMT ES, DASS DU MIT DEINEM UNI-PROJEKT NICHT VORAN-KOMMST?

WAS IST LOS? KOMM REIN.

... NATÜRLICH WILL ICH NICHTS LIEBER, ALS MIT DIR FEIERN ...

... FÜR MICH VORBEREITET HAST, UND ...

UND ICH FREU MICH TOTAL, DASS DU SO VIEL ...

BOAH, ECHT JETZT?!

KH!

ABER HEUTE IST MEIN GEBURTS-TAG ...

WER SAGT DAS? BESTIMMT AYA, ODER?!

090

HM?
WAS DENN?
ES GEHT UM DEIN ...
...GESCHENK!
ICH WUSSTE NICHT, WAS DU DIR WÜNSCHST.
DESHALB HABE ICH NICHTS FÜR DICH.
SORRY.
HMPF
ICH BRAUCH KEIN GESCHENK.
DER KUCHEN IST SCHON EIN TRAUM FÜR SICH!
DOCH, DAS MUSS!
GIBT'S NICHT IRGENDWAS, DAS DU DIR WÜNSCHST?
ABER ICH MÖCHTE DIR GERN ETWAS SCHENKEN!
NEE, ALLES GUT!
ALSO? WAS WÜNSCHST DU DIR?
HMMM
EIN UPAD-PRO?
KH

HIHI.

KLNK

FLAPP

IST SCHON LUSTIG ...

EIN DATE!

OKAY!

ABER ...

... AM WOCHEN-ENDE!

EIN DATE!

IST DAS PEIN-LICH?

HM? UND JETZT?

HE HE HE.

UND ALS GESCHENK WILLST DU EINEN MANGA VON MIR.

... UND STEHST AUF MEIN CURRY.

DU MAGST ERDBEER-KUCHEN ...

ICH WEISS, WAS DU MEINST.

HA HA HA, NEE, GAR NICHT.

BDM

HAHAHA! WAS? DU AUCH?

NA JA, UND DES-HALB ...

ICH HATTE SCHON PANIK.

ABER BEI DER SUCHE NACH EINEM GE-SCHENK DACHTE ICH, ICH WEISS GAR NICHTS ÜBER DICH.

WEISST DU, WAS NERVT?
DASS DU ÄLTER BIST ...
HA WA WA WA WA
?
?
SUBARU?
WAS? WIESO DENN? DU BIST JA SÜSS!
MPF
BIST DU SCHON BE-TRUNKEN? WILLST DU EINEN SCHLUCK WASSER?
HM?
HASP
JEPP, ICH GLAUB, DU BIST BETRUNKEN.
ICH BRING DIR MAL WASSER.
!
SMCH

SWRL SWRL
SWRL
SWRL
SWRL SWRL
SWRL
SWRL
SWRL
HASP
S...
STOPP!!!
SWRL
SWRL
SWRL
SWRL
GNN
WAS ...
WAS HAB ICH GETAN?!
ZZZ
ZZZ
ZZZ

GOOD MORNING SUNSHINE

BEIM KONDITOR

GOOD MORNING SUNSHINE

4 GOOD MORNING SUNSHINE

HUPP

ERST MAL DIE ISO-MATTE.

ZRRRT

FWPP

BEVOR WIR UNS BETRINKEN, MÜSSEN WIR DAS ZELT HERRICH-TEN.

FWT

FWT

IST ABER ENG ...

PUUUH ...

DAS SIEHT DOCH GUT AUS.

SUBARU, DU KANNST DEN SCHLAFSACK BENUTZEN, OKAY?

SUBARU?

WENN SIE DANN JETZT AN IHREM PROJEKT WEITER-ARBEITEN WÜRDEN, HERR TOSAKA?

VERARSCH MICH NICHT, HAHA ...

SHRT

JA, OKAY, DANKE!

NOCH WAS?

NÖ, SO WEIT, SO GUT.

HM ... KANN ES SEIN, DASS ER MIR ABSICHTLICH AUS DEM WEG GEHT?!

MPF.

NEE, DIE UNI RUFT.

BLEIBST DU NICHT?

SCHMATZ

UND SELBST DAS WAR NICHT SOO HEFTIG!

BDm
BDm

HMM.

MEHR ALS KNUTSCHEN WÄRE EH NICHT GE-LAUFEN ... ODER?

SCHON FERTIG?!

HASP

ICH ZOCK WAS!

SCHMATZ

WA
HA
HA
HA
HA
HA

PSCHT

HM? TRINKST DU JETZT SCHON?

OB'S DIR GEFÄLLT ODER NICHT, WIR KLEBEN JETZT ZWEI TAGE ANEINANDER!

GESCHIEHT DIR RECHT!

DAMIT ER SICH AUF SEIN PROJEKT KONZENTRIEREN KANN, HAB ICH IHN ZUM ZELTEN EINGELADEN.

ZELT

DER BLOCK MUSS AM ENDE VOLL SEIN, ODER? ZEIG MAL.

NEE, WILL ICH NICHT.

WIESO?! LASS DOCH MAL SEHEN!

NEE, SPÄTER. ERST DIE ARBEIT, DANN DAS BIER.

ICH LEIH MIR MAL DEN STUHL.

KLAR, WAS DACHTEST DU DENN? WILLST DU AUCH?

HUI HUI

ICH WILL WAS AUSPROBIEREN, ABER ICH BIN NOCH AM RUMEXPERIMENTIEREN, ALSO JETZT NICHT. SPÄTER.

JETZT BIN ICH ERST RECHT NEUGIERIG!

...

SRT

SRT

HEPP!

IEK

IEK

JA, GENAU. FÜR OUT-DOOR.

IST DAS EIN GAS-KOCHER?

GAS PR

GAS

ZiP

OKAY, HEUTE NACHT DANN.

TNK

LAGER-FEUER? WILLST DU?

ICH DACHTE, WIR MACHEN EIN FEUER.

JA.

VIEL-LEICHT ...

FSH

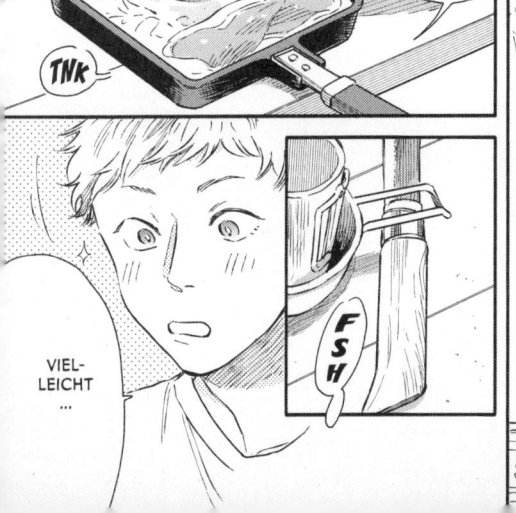

JA! UNSERE AUSRÜSTUNG IST MEGA-COOL! MACH DAS MAL!

OH, DIE IDEE GEFÄLLT IHM!

... KÖNNTE ICH UNSER CAMPING-EQUIPMENT ZEICHNEN.

DU WIEDER ...

BIST DU MEIN LEHRER, ODER WAS?

ZELTEN IST PERFEKT, UM DEIN SKIZZEN-BUCH ZU FÜLLEN, WIRST SCHON SEHEN!

MIT DER AUS-RÜSTUNG BIST DU SCHNELLER DURCH.

IN DER NATUR WIRD MAN NIE FERTIG MIT ZEICH-NEN.

WER ARBEITET, MUSS AUCH ESSEN!

HIER!

FWSH

FWSH

MAHL-ZEIT ...

SPOTZ

WARMES OKONO-MIYAKI-SANDWICH

120

124

WÄRE ES DENN SCHLIMM, DIE BEHERR-SCHUNG ZU VERLIEREN?

nick

ABER ...

WARUM?

HM?

WARUM?

HÄÄ?!

WENN DU MICH SO FRAGST ...

ICH WILL IHN NICHT SCHON WIEDER ÜBER-FALLEN, SO WIE LETZTES MAL ...

ABER YOHEI SAGT, ES WÄRE FÜR IHN IN ORDNUNG ...

ICH MÖCHTE IHN NICHT IN VERLEGEN-HEIT BRINGEN ODER IHN VER-UNSICHERN ...

SRT
NUR UM NOCH MAL SICHERZUGEHEN ...
LIEBST DU MICH?
WEIL DANN WÄR'S DOCH OKAY ...
NERVÖS
IST JA WOHL KLAR!
WAS IST DAS FÜR 'NE FRAGE?!
UFF.
OH, OKAY ...
DAS KAM PLÖTZLICH ...
GRT
GRT
SO ...
DEIN PROJEKT PACKEN WIR JETZT MAL KURZ BEISEITE!
WIRD VERTAGT!
UND ICH WARTE, BIS DU MIR SAGST, WARUM DAS SO IST!
JETZT GENIESSEN WIR UNSERN AUSFLUG!
HÄ?
PROJEKT
SORRY ...
DIE SACHE GING MIR NOCH LANGE NICHT AUS DEM KOPF, ABER ...

... EINE ANTWORT IST MIR NICHT EINGEFALLEN ...
AH, EINE FEDERZEICHNUNG!
IST DAS AUS DEM MANGA? DEN ICH DIR GESCHENKT HAB?
JA, ICH WOLLTE AUCH MAL IN DIESEM STIL ZEICHNEN.
OH!
DAS HIER SIEHT STARK AUS!
JA, DA HATTE ICH VOLL DEN ADRENALINSCHUB!
DAS IST RICHTIG GUT GEWORDEN!
DA KRIEG ICH DIREKT LUST, MITZUZEICHNEN!
JETZT REICHT'S ABER MIT LOB ...
SCHENKST DU MIR DAS BILD DANN?
ICH KANN DIR EIN BLATT GEBEN.
ECHT? COOL, DANKE!
PRCK
NOM
FRANZÖSISCHE COMICS MAG ICH NOCH MEHR!
TZSCH
TZZ
HM, JA, ICH MERK SCHON, ES IST SIMPEL, ABER DAS ERGEBNIS KANN SICH SEHEN LASSEN.
DAS MACHT ECHT BOCK!

KRCK

KRCK

FUUUH

UND? WIE GE- FÄLLT DIR UNSER ERSTER CAMPING- AUS- FLUG?

HNF

ICH HATTE SCHON SORGE, DASS ES DIR KEINEN SPASS MACHT, WEIL CAMPING JA JETZT NICHTS BESONDERES IST.

NICHT VIEL ANDERS ALS IN DER WOHNUNG ZU HOCKEN, ODER?

ABER NÄCHSTES MAL BRINGST DU DIR SELBER STUHL UND SCHLAFSACK MIT!

HAHA!

FREUT MICH!

DER KNALLER!

DAS MACHEN WIR WIEDER!

AM FEUER SITZEN, MIT DIR QUAT- SCHEN, ...

... DAS IST SCHON WAS BE- SONDERES. ALSO ICH FIND'S KLASSE!

BESONDERS DASS ICH HIER MAL MIT DIR ALLEIN BIN!

NEE!

ICH FIND'S SUPER!

PRCK

PRCK

AH!
GENAU!
HASP
JETZT HAB ICH'S! DIE ANTWORT AUF DEINE FRAGE!
ZUCK
SCHREI DOCH NICHT SO!
HM? ICH HÖRE.
ACH, DARUM GEHT'S.
HÖR ZU! ICH MAG DICH. ICH VERBRINGE GERN ZEIT UND REDE MIT DIR!
HÄ? OKAY ...
HM?! WIRST DU JETZT ROT?
KÜSSEN UND SICH BERÜHREN ...
... SIND AUCH EINE FORM DER KOMMUNI-KATION.
UND ICH WILL NICHT, DASS DAS MIT UNS IN EINEN MONOLOG AUSARTET, VERSTEHST DU?

GUCK

KOMMU-
NIKATION,
HM?

WAS IST
DENN JETZT
LOS?

ER
MACHT SICH
ECHT VIELE
GEDANKEN
UM MICH.

ER HAT
RECHT, DABEI
MÜSSEN WIR BEIDE
AUFEINANDER
ZUGEHEN ...

ICH
KANN NICHT
NUR WARTEN,
DASS ER DEN
ERSTEN SCHRITT
MACHT ...

DANKE.

SUBARU ...

ÖH ...

GNN

JETZT?

GNN

HAHA

GWAPP

WAS?!

HÄ?

HOLLA!

DU BIST TOTAL HART, SUBARU!

WA-HA!

ICH ... BIN ...

GNN

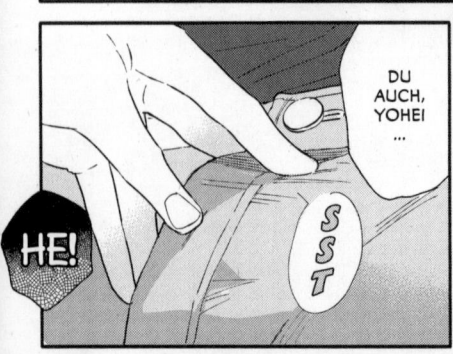

DU AUCH, YOHEI ...

HE!

SST

WARTE

UH ...

WAAH ...

BDM

BDM

WARTE ...

DU HAST EIN HÄND-CHEN DAFÜR!

AH! SO SCHNELL!

HM? WILLST DU NICHT?

GRAP

FRP

SRRT

DARF ICH?

JA ...

SST

SST

AH ...

HAH.

GRP

SU...

SUBA-RU ...

ZUCK

SCHINKEN-KÄSE-BROTE

SIEHT LECKER AUS.

GUTEN APPETIT.

JA, LASS ES DIR SCHMECKEN.

GUTEN MORGEN. ICH HAB UNS FRÜHSTÜCK GEMACHT. WILLST DU ...

... WAS TRINKEN?

NUR WASSER. DANKE.

...

MPF MPF

MMM, LECKER.

YOHEI ...

HM?

SLRP

144

WOLLEN WIR'S NICHT MAL RICHTIG VERSUCHEN?

NACHDEM DU EINGESCHLAFEN WARST, MUSSTE ICH DAUERND DRAN DENKEN.

AU, MEINE NASE ... HEISS ...

NEE, ABER GESEHEN!

SCHON MAL GEMACHT?

JA, WIESO NICHT?

HEY, ICH GENIESS HIER GRAD MEINEN MORGENTEE UND DU FRAGST MICH SO WAS?!

DAS MAG ICH JA SO AN IHM ...

ICH HATTE SCHON VERGESSEN, DASS ER IMMER SAGT, WAS ER DENKT ...

HMM ...

SWRR

ALSO, WIESO NICHT?!

GRINS

DU SAHST GESTERN AUS, ALS HÄTTEST DU AUCH LUST!

HÄ?!

ABER ...

DANN MACHEN WIR'S.

JA, ICH WILL'S JA AUCH.

ER WILL'S TUN!

STARR

HEISST
DAS, ...

...

... ALSO
KEINE
EILE,
OKAY?

UND
ICH WILL
MICH
MENTAL
DRAUF
EINSTEL-
LEN, ...

UND
DAS AM
FRÜHEN
MORGEN ...

DU
WEISST,
WAS ICH
MEINE,
ODER?

... WIR
MÜSSEN
DAS RICH-
TIG VOR-
BEREITEN,
OKAY?

SWIP

SWIP

WILL
ER ERST
ÜBEN?

MANN!

KANNST
DU'S NICHT
DURCH DIE
BLUME
SAGEN?

WAH!

... DU
WILLST
IHN BEI
MIR REIN-
STECKEN,
ODER
WIE?!

WIESO?
IST DOCH
NICHT
SCHLIMM.
ODER?

MIR
EGAL ...
WIR
KÖNNEN
ES AUCH
AUSKNO-
BELN.

WAS?
ICH DACHTE,
DU FINDEST
ES BLÖD,
WENN DINGE
UNKLAR
BLEIBEN!

ABER
ALLES
UNVER-
BIND-
LICH!

GIG

TOMI

GOOD MORNING SUNSHINE

5 GOOD MORNING SUNSHINE

ER HAT MIR GENUG ZEIT GELASSEN, DAMIT ICH ZEICHNEN KONNTE!

ER WOLLTE CAMPEN GEHEN, DAMIT ICH MEINE SKIZZEN FERTIGKRIEGE...

ICH DACHTE, IHR HABT NUR EIN DATE.

DAS HEISST, DU UND YOHEI WART CAMPEN?

DAS WAR EIN DATE.

ICH GLAUB, SEIT ICH AN DER UNI BIN, HABE ICH MICH ...

ECHT?

... NOCH NIE SO KONZENTRIERT AUF EIN PROJEKT GESTÜRZT.

DAS HEISST ...

SUBARU! YAMA-P!

DARF ICH ...

STARR

... MAL?

...

MPF

SLP

SLP

HA!

HEY! HAB ICH DAS ER- LAUBT?!

KÜSS

JA.

ACH SO? KANN MICH NICHT ER- INNERN!

SLP

GRT

MMH ...

PT

NNH
HAPP
FUH
HN
NN
GRP
RUB
SP
SP
YOHEI ...
WIESO HÖRST DU AUF?
AH ...
HNG
SLP
HÄ?
SEI NICHT SO GEMEIN!
GEMEIN?
WIESO?!
DANN MACHEN WIR'S UNS GEGEN-SEITIG.
HEPP!
OKAY.
UIECK

MANN, EY!

DAS IST DOCH KEIN „LET'S PLAY" HIER! KOMMENTIER NICHT ALLES!

ICH WERD GLEICH VERRÜCKT!!!

HM?

TU ICH DAS?

KOMMEN-TIEREN?

SORRY.

DU KANNST AUCH DRINNEN RAUCHEN.

HM?

AH, JA ... SAG MAL ...

AH ... ÄH, DOCH, KANN SEIN.

HAB ICH DIR DAS NIE GESAGT?

WILLST DU LEHRER WERDEN?!

HÄ?!

LEHRAMTS-PRAKTIKUM?

NA JA, NÄCHSTE WOCHE FÄNGT DAS LEHRAMTS-PRAKTIKUM AN.

OBER-SCHULE ... YOHEIS ERSTE LIEBE WAR MIT 17 ...

NOM

ICH BIN JE EINEN MONAT IN EINER MITTEL- UND EINER OBER-SCHULE ...

GANZ SCHÖN HART, ODER? UND DAVOR MUSST DU JA SICHER AUCH LERNEN ...

MITTE MAI ~ MITTE JUNI

MITTELSCHUL-PRAKTIKUM

2 WOCHEN

OBERSCHUL-PRAKTIKUM

2 WOCHEN

INTERVALL

JULI

EINSTELLUNGS-PRÜFUNGEN

MEINE ALTE SCHULE WAR EINE GESAMTSCHULE.

IM JULI STARTET DANN RUNDE 1 DER EIN-STEL-LUNGS-PRÜFUNGEN FÜR LEHRER.

DARAUF WILL ICH JETZT KONZEN-TRIEREN.

JA, SCHON. MACH ICH JA AUCH.

過去問 中高 美術

*ALTE PRÜFUNGSAUFGABEN FÜR KUNST AN MITTEL- UND OBERSCHULE.

SO WENIG BOCK AUF EIN PROJEKT HATTE SIE NOCH NIE!

KTNK

KTNK

ICH KANN SO WAS NICHT!

KTNK

BLA BLA

WIR REISSEN UN HIER DEN ARSCH AUF. DAS ÜBERLEB ICH NIE! DAFÜR BIN ICH NICHT GEMACHT! ICH KANN NICHT HUNDERTE BILDER ZEICHNEN! WENN DAS DING DURCH IST, GEHEN WIR AUF JEDEN FALL FEIERN, OKAY?! WIR KÖNNEN JA INS ROUND1 GEHEN UND ZOCKEN!

BLA

DOMPF

FLIPART

ICH MÜSSTE ALSO MINDESTENS 360 BILDER ZEICHNEN ...

... UND DANN NOCH AM PC BEARBEITEN.

WIR SOLLEN EINE 15-SEKÜNDIGE ANIMATION ERSTELLEN.

FLAP

EINE SEKUNDE FILM BESTEHT AUS 24 BILDERN.

IST SCHON KEIN SPAZIERGANG, DAS STIMMT ...

FLAP

ABER DURCH DIE ARBEIT MIT DEM SKIZZENBUCH ...

HNF ...

DEADLINE IST IN ZWEI WOCHEN.

ICH HAB MEINE AUFGABE VOR SECHS TAGEN BEKOMMEN.

ICH HAB DAS GEFÜHL, DAS HIER WIRD NIEMALS FERTIG WERDEN!

HAAAH

... ABER DAFÜR MACHT'S MIR VERDAMMT VIEL SPASS UND ICH KANN'S KAUM ERWARTEN, DAS ERGEBNIS ZU SEHEN!

FÜHL ICH ... DANACH ERST MAL FEIERN!

ICH KOMM AN KEIN ENDE ...

PAUSE

ES STIMMT SCHON, DIE AUFGABE IST DIESMAL GANZ SCHÖN HART, ...

Kein Ding,
ich komme.

0:07

...

FUUUH

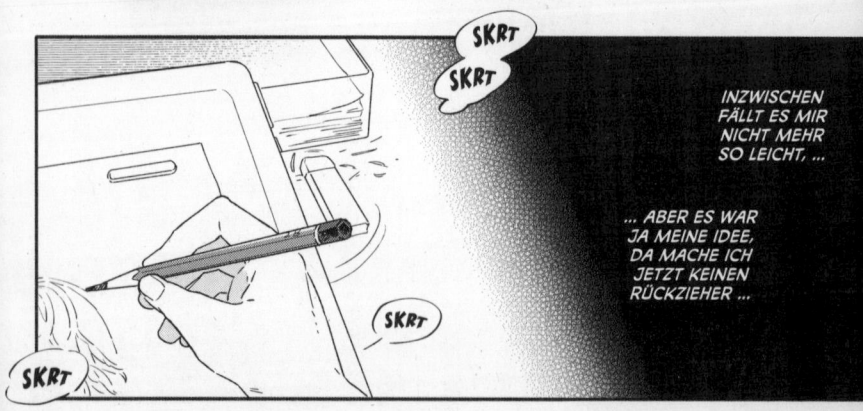

SKRT
SKRT

SKRT

SKRT

INZWISCHEN
FÄLLT ES MIR
NICHT MEHR
SO LEICHT, ...

... ABER ES WAR
JA MEINE IDEE,
DA MACHE ICH
JETZT KEINEN
RÜCKZIEHER ...

YOHEI!

UWAH!

BIST DU DA?

TOCK TOCK TOCK

HÄ?

SORRY!

ZUCK

DU BIST JA DOCH DA!

ALLES OKAY BEI DIR?!

AH! SCHON SO SPÄT?!

BATAMM

AH, OKAY ... DANN IST JA GUT.

ÄH ...

A...

ALLES GUT ... HAB NUR VERPENNT ...

MORGEN, SUBARU!

172

*SPOKON = JEMAND, DER SICH IN ETWAS VERBEISST

DNK !!

VIELEN DANK, YOHEI!

HMMM?!

ABER DER PROZESS INTERESSIERT MICH AUCH ...

NEE! AUF KEINEN FALL! MIR RENNT EH SCHON DIE ZEIT DAVON!

SEHR COOL! LASS DIE BILDER TANZEN! WIE BEI DEM ANIME SHIROBAKO. HAHA!

NUR KURZ.

DARF ICH MAL SEHEN?

WORAN ARBEITEST DU? EIN ANIMATIONSFILM, ODER?

UND?

NEE, ERST WENN ES FERTIG IST!

SWFF

ACH SO!

ICH MACH AB JETZT DAS ABEND-ESSEN.

LASS ALSO NACHTS OFFEN.

GIB ACHT!

OH, MIST, ICH MUSS LOS.

SPÄT DRAN.

WAS?

NEE, MUSST DU NICHT!

FWIP

ICH WILL ABER!

WIR GEBEN BEIDE UNSER BESTES!

OKAY!

GOOD MORNING SUNSHINE

6 GOOD MORNING SUNSHINE

JA, GENAU.

OBERSCHÜLER SIND ECHT KNUFFIG, WEISST DU?

WEIL ES DICH AN DEINE SCHULZEIT ERINNERT?

UFF ...

JA, DAS GLAUB ICH ...

ABER EIN GUTES HAT ES. DER UNTERRICHT FINDET IM KUNSTRAUM STATT, WO AUCH ICH IMMER GELERNT HAB, ...

... DAS NIMMT DER SACHE EIN WENIG DIE ANSPANNUNG.

...

HM?

WORAN?

ERINNERST DU DICH NOCH DARAN?

WER WAR ER?

DAS HAST DU DIR GEMERKT?!

?!

AN DEINE ERSTE LIEBE.

DU WARST DAMALS 17 UND HAST IN YOKOHAMA GEWOHNT, SAGTEST DU.

HNF ...

DAS VERGESSE ICH DOCH NICHT.

HRK

MAKI-
SENSEI!

BRAVO!

SONST
GIBT'S
PUNKT-
ABZUG.

FÜR
DICH
„SENSEI".

HEHE.

ACH,
DU BIST
DAS NUR,
MAKI!

OH
NEE!

DIE
SEHEN
AUS WIE
BRÜDER.

GUCK
MAL, HERR
MAKI UND
HERR
YUMOTO.

DIE KAB-
BELN SICH
WIEDER.

JA,
DANKE.

ICH GEB
DIR 'NEN
KAFFEE
AUS.

LETZTER
TAG HEUTE.
GEHEN WIR WAS
ESSEN?

JEDEN
MORGEN
FRÜH RAUS
UND DEN
GANZEN TAG
STEHEN.

HAB
ICH MICH
GUT ANGE-
STELLT?

JA,
ZWEI
LANGE
WO-
CHEN.

WARST
ZWEI
WO-
CHEN LANG
RICHTIG
FLEISSIG.

HIER.

TNK

VORBEREITUNGSRAUM-KUNST

HM, AUCH. ER WEISS, DASS UNS DIE ZEIT DAVONLÄUFT.

HM ...

ICH VERMISSE SEIN CURRY!

YOHEI IST EBEN EIN FÜRSORGLICHER TYP.

BESTIMMT, WEIL UNSER PROJEKT DIE REINSTE HÖLLE IST, ODER?

ZUCK

WENN ER DIE BESSERE KUNST MACHT, WÄRE DER NEID BESTIMMT GRÖSSER ALS DIE LIEBE.

WIE DAS WOHL WÄRE, WENN ICH EINEN FREUND AN DER UNI HÄTTE?!

DENKST DU WIRKLICH?

DAS GIBT EIN VERZWICKTES SELBSTWERTGEFÜHL!

WAS? BLACK YAMA-P! SO KENN ICH DICH GAR NICHT!

UND DU HAST DIE AUSWAHL GETROFFEN, NEHME ICH MAL AN ...

DURCH DEN MANGA, DEN ER DIR AUSGELIEHEN HAT, KONNTEST DU GANZ NEUE TECHNIKEN AUSPROBIEREN ...

IHR HABT JA SOGAR EUER DATE ZUM ZEICHNEN GENUTZT, STIMMT'S?

ABER ...

... BEI DIR MACH ICH MIR DA KEINE SORGEN.

DAS HAT SICH DOCH TOLL ENTWICKELT.

ES HAT DIR GEHOLFEN, EINEN SCHRITT IN DIE RICHTIGE RICHTUNG ZU MACHEN.

EIN ÖLMALEREI-PÄRCHEN, DAS SICH GEGENSEITIG BILDER SCHENKT!

IST DOCH COOL!

DIE RICHTIGE RICHTUNG ...

SELBST JETZT, WO ER SO VIEL ZU TUN HAT, KOMMT ER ABENDS NOCH ZU MIR, KOCHT FÜR MICH UND BESTÄRKT MICH IN DEM, WAS ICH TUE.

ER HAT MICH NIE GEDRÄNGT, SONDERN ABGEWARTET, BIS ICH SELBST EINE LÖSUNG GEFUNDEN HABE.

WENN MICH ETWAS BEDRÜCKT HAT ODER ES MAL NICHT SO LIEF, HAT ER MICH AUFGEHEITERT UND ERMUTIGT.

YOHEIS BILD WAR ÜBERHAUPT ERST DER ANLASS, WARUM ICH AUF DIE KUNST-HOCHSCHULE WOLLTE.

DAS WIRD NICHTS.

WENN ICH DAS NOCH KOLORIEREN SOLL, WERDE ICH NIE FERTIG.

...

ICH KANN DIR DOCH HELFEN! DAS TEIL BRAUCHT FARBE!

WIESO?

P‑A‑T

ABER DAS MUSS ECHT NICHT SEIN,

AH! WOLLEN WIR NICHT ERST ESSEN? ICH HAB VOLL HUNGER.

HÄ?

DOCH. WENN DU'S NICHT MACHST, BEREUST DU'S HINTERHER.

ICH HOL MEIN NOTEBOOK UND DAS GRAFIK-TABLET!

MACH MIR EIN PAAR VORLAGEN UND DANN LEG ICH LOS!

AUFGERÄUMT

DU BIST VORBEREITET, HM?

OFFENSICHTLICH ...

JA, ICH MEIN, HATTEN WIR DOCH ...

... GESAGT ...

BDM

BDM

BDM

BDM

WAH ...

SNFF

!

ES IST DAS ERSTE MAL HIER BEI DIR.

IST OKAY. ICH BIN NUR NERVÖS.

IST DAS OKAY? ODER WILLST DU'S LIEBER AUF HEUTE ABEND VERSCHIEBEN?

DU RIECHST HALT GUT.

HIHI, DU RIECHST GERN AN MIR, ODER?

HIHI,

SWPP

HM ...

HFF

HFF

DAS KITZELT!

HERRLICH!

SEIN PRAKTIKUM IST DURCH UND MEIN PROJEKT AUCH. WOBEI, NOCH NICHT GANZ, STIMMT. ICH MUSS DAS ECHT ABGEBEN. DAS DARF ICH NICHT VERGESSEN, BEVOR WIR UNS HINLEGEN!

AYA MEINTE NEULICH, DASS SIE DEIN CURRY VERMISST.

DARF ICH DANN MIT-HELFEN?

KLAR! DU KANNST DAS NAAN MACHEN, DAS MACHT BOCK!

IST WIE MIT KNETE ODER TON ARBEITEN!

OKAY. KLAR, WIR KÖN-NEN JA BALD MAL WIEDER CURRY-FETE MACHEN!

HÄ? WIE IST DAS DENN JETZT GEMEINT?

ENDE

BONUSSEITEN

...

TRÄUM

WIE OFFEN UND POSITIV ER MIT SEX UMGEHT ... DAS FIND ICH GUT.

ICH MAG ES, WENN ER MIR SAGT, WIE ES SICH ANFÜHLT ...

UND WIE ER AUSSAH, ER HAT ES RICHTIG GE-NOSSEN ... UND SEINE STIMME DABEI ...

ALS DU MICH VORN BERÜHRT HAST, ZUM BEISPIEL ...

TRÄUM

SO WAS HAB ICH NICHT GESAGT!

WENN ICH IHM NOCH MEHR LUST BEREITE? OB ER DANN LAUT SCHREIT?

KLICK

DER SEX MIT YOHEI ...

... WAR ECHT VERDAMMT GUT.

7 UHR MORGENS

ES HÄTTE KLAPPEN KÖNNEN ...

GYUDON!

OH JA! DAS GEFÄLLT MIR ZUM FRÜHSTÜCK!

ICH GEH UNS MAL FRÜHSTÜCK KAUFEN! WAS WILLST DU?

*KOHYO = KRITIK, BESPRECHUNG, EVALUIERUNG

DAS „BESPRECHUNGS-SHIRT" ... VON FREUNDEN AUS DER MALEREI-FAKULTÄT SELBST HERGESTELLT.

EIN PAAR WORTE, DIE BEI DER BESPRECHUNG FIELEN, WURDEN AUCH GEDRUCKT. (NICHT COOL!)

WILLST DU DAS BEI DER BESPRECHUNG ETWA ANZIEHEN?!

NATÜRLICH!

ENDE

Makoto Taji

Ich habe versucht, diesen Manga mit all den Dingen anzufüllen, die ich liebe und gernhab. Ich hoffe, ihr findet genauso viel Gefallen daran wie ich!

GOOD MORNING SUNSHINE

GOOD MORNING SUNSHINE
© Makoto Taji / TAKESHOBO

First published in Japan in 2022 by Takeshobo Co., Ltd.
German translation rights arranged with Takeshobo Co., Ltd.
through Tuttle-Mori Agency, Inc., Tokyo
Original Japanese cover is designed by HNYU DESIGN

Deutschsprachige Ausgabe/German Edition
© 2025 Loewe Verlag GmbH
Bühlstraße 4, D-95463 Bindlach
produktsicherheit@loewe-verlag.de
Alle Rechte vorbehalten.

Aus dem Japanischen von Martin Gericke

Redaktion: Patrick Peltsch
Umschlaggestaltung: Jenifer Hüttmann
Herstellung: Gabriela Müller
Lettering: Datagrafix GPS GmbH
Druck und Bindung: GGP Media GmbH,
Karl-Marx-Straße 24, D-07381 Pößneck

ISBN 978-3-7432-1990-8
1. Auflage 2025

Endlich Familie

FUJITOBI

Endlich Familie

TAKAOMI, HARUOMI, UND DIE IN DER ZUKUNFT

Loewe MANGA

BOYS LOVE

UNTIL I FOUND YOU

Takaomi ist ein hingebungsvoller Vater, doch die Kombination aus Haushalt und Job überfordert ihn. Dass sein schwuler Arbeitskollege Nomura ihm unter die Arme greift, ist ihm daher nur recht. Was macht es da schon, dass Nomura ihn hartnäckig von einer Beziehung überzeugen will. Davon kann selbstverständlich keine Rede sein, Takaomi ist schließlich hetero. Doch die gemeinsamen Stunden und Abendessen zu dritt fühlen sich bald an wie das pure Glück …

ʻVOLL kein TYPʻ

COMEDY

DATE OHNE DAMEN

Tokiwa wird von einer Kommilitonin zum Gruppen-Date eingeladen. Weil er und seine Kumpel so etwas noch nie gemacht haben, sind die Jungs ganz aus dem Häuschen. Ob die Mädels wohl hübsch sind? Doch als sie endlich am vereinbarten Treffpunkt ankommen, werden sie anstelle von Frauen von drei umwerfend gut aussehenden Männern in Empfang genommen. Was zur Hölle ist hier los?! Und warum fühlen sie sich auf seltsame Weise zu diesen Typen hingezogen?

 www.loewe-manga.de @loewe.manga

Don't kiss the Dragon

ROMANCE

MIT VERLIEBTEN DRACHEN HAT MAN NICHTS ZU LACHEN

Sakura und ihr Freund Ren sind „Drachenmenschen". Sie sind dazu bestimmt, ihre Stadt zu beschützen, doch Ren leidet unter einem angeborenen Herzleiden. Als er daran zu sterben droht, begeht Sakura einen fatalen Fehler. In der Absicht, Ren zu retten, befreit sie einen legendären Drachen, der den Körper ihres Freundes in Besitz nimmt und Sakura vor eine folgenschwere Wahl stellt. Doch auch der Drache ahnt nicht, wen er mit Sakura vor sich hat ...

www.loewe-manga.de   @loewe.manga

MEIN BUCHCAFÉ IN EINER ANDEREN WELT

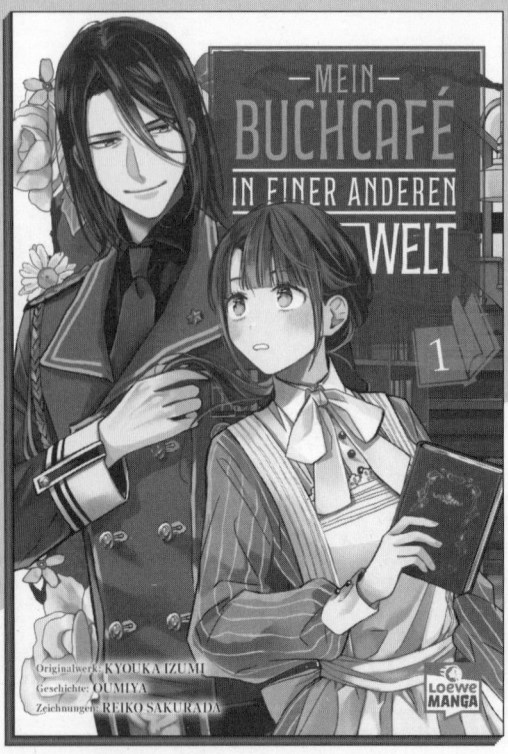

FANTASY

BLOSS NICHT KURZ DIE WELT RETTEN!

Als „Gott" ihr eröffnet, er müsse sie als Erlöserin in eine andere Welt bringen, ist Tsukina wenig begeistert. Sie ist nicht gerade der Typ, der mal eben kurz die Welt rettet. Wenn überhaupt, dann nur zu ihren Bedingungen! Und tatsächlich kann sie als Gegenleistung magische Kräfte und ein eigenes Buchcafé herausschlagen. Damit lässt es sich für Tsukina in jeder Welt gut aushalten. Aber dann bringt ein unverhoffter Besucher ihre neue Welt ins Wanken …